KB085194

사슴

사슴

백석 지음

한국 시집 초간본 100주년 기념판 — 하늘

일러두기

1. 이 책의 텍스트는 1936년 1월 20일에 발행된『사슴』의 초간본이다.
2. 표기는 백석 시의 특징을 살리기 위해 가급적 원문 그대로 두었다.
   단, 원문을 크게 훼손하지 않는 한 현행 맞춤법에 따랐다.
3. 한자는 한글로 고치되, 꼭 필요한 경우는 괄호 처리 하였다.
4. 편자 주는 후주로 처리하였다.
5. 한 편의 시가 다음 면으로 이어질 때 연이 나뉘면 첫 번째 행 상단에 줄 비움 기호(>)를 넣어 구분하였다.

국수당 너머

얼럭소새끼의 영각

가즈랑집

승냥이가 새끼를 치는 전에는 쇠메* 든 도적이 났다는 가즈랑 고개

가즈랑집은 고개 밑의
산 너머 마을서 도야지를 잃는 밤 짐승을 쫓는 깽제미* 소리가 무섭게 들려오는 집
닭 개 짐승을 못 놓는
멧도야지와 이웃 사촌을 지내는 집

예순이 넘은 아들 없는 가즈랑집 할머니는 중같이 정해서 할머니가 마을을 가면 긴 담뱃대에 독하다는 막써레기* 를 몇 대라도 붙이라고 하며

간밤엔 섬돌 아래 승냥이가 왔었다는 이야기
어느메 산골에선간 곰이 아이를 본다는 이야기

나는 돌나물김치에 백설기를 먹으며

옛말의 구신집에 있는 듯이

가즈랑집 할머니
내가 날 때 죽은 누이도 날 때
무명필에 이름을 써서 백지 달아서 구신간 시렁*의 당즈깨*에 넣어 대감님께 수양을 들였다는 가즈랑집 할머니
언제나 병을 앓을 때면
신장님 단련이라고 하는 가즈랑집 할머니
구신의 딸이라고 생각하면 슬퍼졌다

토끼도 살이 오른다는 때 아르대즘퍼리*에서 제비꼬리 마타리 쇠조지 가지취 고비 고사리 두릅순 회순 산나물을 하는 가즈랑집 할머니를 따르며
나는 벌써 달디단 물구지우림 둥굴레우림을 생각하고
아직 멀은 도토리묵 도토리범벅까지도 그리워한다

뒤울 안 살구나무 아래서 광살구를 찾다가

살구벼락을 맞고 울다가 웃는 나를 보고
밑구멍에 털이 몇 자나 났나 보자고 한 것은 가즈랑집 할머니다

찰복숭아를 먹다가 씨를 삼키고는 죽는 것만 같아 하루 종일 놀지도 못하고 밥도 안 먹은 것도
가즈랑집에 마을을 가서
당세* 먹은 강아지같이 좋아라고 집오래*를 설레다가였다

여우난골족(族)

명절날 나는 엄매 아배 따라 우리 집 개는 나를 따라 진할머니 진할아버지가 있는 큰집으로 가면

얼굴에 별자국이 솜솜 난 말수와 같이 눈도 껌벅거리는 하루에 베 한 필을 짠다는 벌 하나 건넛집엔 복숭아나무가 많은 신리(新里) 고무 고무의 딸 이녀(李女) 작은 이녀

열여섯에 사십이 넘은 홀아비의 후처가 된 포족족하니 성이 잘 나는 살빛이 매감탕 같은 입술과 젖꼭지는 더 까만 예수쟁이 마을 가까이 사는 토산(土山) 고무 고무의 딸 승녀(承女) 아들 승동이

육십 리라고 해서 파랗게 보이는 산을 넘어 있다는 해변에서 과부가 된 코끝이 빨간 언제나 흰옷이 정하던 말끝에 섧게 눈물을 짤 때가 많은 큰골 고무 고무의 딸 홍녀(洪女) 아들 홍동이 작은 홍동이

배나무 접을 잘하는 주정을 하면 토방돌을 뽑는 오리치* 를 잘 놓는 먼 섬에 반디젓* 담그러 가기를 좋아하는 삼춘 삼춘 엄매 사춘 누이 사춘동생들

>

이 그득히들 할머니 할아버지가 있는 안간에들 모여서 방 안에서는 새 옷의 내음새가 나고

또 인절미 송구떡 콩가루차떡의 내음새도 나고 끼때*의 두부와 콩나물과 볶은 잔디와 고사리와 도야지 비계는 모두 선득선득하니 찬 것들이다

저녁술을 놓은 아이들은 외양간 섶 밭마당에 달린 배나무 동산에서 쥐잡이를 하고 숨굴막질을 하고 꼬리잡이를 하고 가마 타고 시집가는 놀음 말 타고 장가가는 놀음을 하고 이렇게 밤이 어둡도록 북적하니 논다

밤이 깊어 가는 집 안엔 엄매는 엄매들끼리 아르간에서들 웃고 이야기하고 아이들은 아이들끼리 웃간 한 방을 잡고 조아질하고 쌈방이 굴리고 바리깨돌림하고 호박떼기하고 제비손이구손이하고 이렇게 화디의 사기방등에 심지를 몇 번이나 돋구고 홍게닭이 몇 번이나 울어서 졸음이 오면 아랫목 싸움 자리 싸움을 하며 히드득거리다 잠이 든다 그래서는 문창에 텅납새*의 그림자가 치는 아침 시누이

동서들이 욱적하니 홍성거리는 부엌으론 샛문 틈으로 장지문 틈으로 무이징게국을 끓이는 맛있는 내음새가 올라오도록 잔다

고방

낡은 질동이에는 갈 줄 모르는 늙은 집난이같이 송구떡이 오래도록 남아 있었다

오지항아리에는 삼춘이 밥보다 좋아하는 찹쌀탁주가 있어서

삼춘의 임내*를 내어 가며 나와 사춘은 시큼털털한 술을 잘도 채어 먹었다

제삿날이면 귀머거리 할아버지 가에서 왕밤을 밝고* 싸리꼬치에 두부 산적을 꿰었다

손자 아이들이 파리 떼같이 모이면 곰의 발 같은 손을 언제나 내어 둘렀다

구석의 나무 말쿠지*에 할아버지가 삼는 소신 같은 짚신이 둑둑이 걸리어도 있었다

>

옛말이 사는 컴컴한 고방의 쌀독 뒤에서 나는 저녁 끼때에 부르는 소리를 듣고도 못 들은 척하였다

모닥불

새끼 오리도 헌신짝도 소똥도 갓신창도 개니빠디*도 너울쪽도 짚검불도 가랑잎도 머리카락도 헝겊 조각도 막대꼬치도 짓빛 기왓장도 닭의 짗도 개터럭도 타는 모닥불

재당도 초시도 문장(門長) 늙은이도 더부살이 아이도 새사위도 갓사둔도 나그네도 주인도 할아버지도 손자도 붓장사도 땜쟁이도 큰 개도 강아지도 모두 모닥불을 쪼인다

모닥불은 어려서 우리 할아버지가 어미 아비 없는 서러운 아이로 불쌍하니도 몽둥발이가 된 슬픈 역사가 있다

고야(古夜)

아배는 타관 가서 오지 않고 산비탈 외딴집에 엄매와 나와 단둘이서 누가 죽이는 듯이 무서운 밤 집 뒤로는 어느 산골짜기에서 소를 잡아먹는 노나리꾼*들이 도적놈들같이 쿵쿵거리며 다닌다

날기멍석을 져간다는 닭 보는 할미를 차 굴린다는 땅 아래 고래 같은 기와집에는 언제나 니차떡에 청밀에 은금보화가 그득하다는 외발 가진 조마구* 뒷산 어느메도 조마구네 나라가 있어서 오줌 누러 깨는 재밤 머리맡의 문살에 댄 유리창으로 조마구 군병의 새까만 대가리 새까만 눈알이 들여다보는 때 나는 이불 속에 자지러붙어 숨도 쉬지 못한다

또 이러한 밤 같은 때 시집갈 처녀 막내고무가 고개 너머 큰집으로 치장감을 가지고 와서 엄매와 둘이 소기름에 쌍심지의 불을 밝히고 밤이 들도록 바느질을 하는 밤 같은 때 나는 아룻목의 삿귀*를 들고 쇠든 밤을 내어 다람쥐처럼 밝아 먹고 은행 여름을 인두불에 구워도 먹고 그러다는 이

불 위에서 광대넘이를 뒤이고 또 누워 굴면서 엄매에게 웃목에 두른 병풍의 새빨간 천두*의 이야기를 듣기도 하고 고무더러는 밝는 날 멀리는 못 난다는 뫼추라기를 잡아 달라고 조르기도 하고

내일같이 명절날인 밤은 부엌에 째듯하니 불이 밝고 솥뚜껑이 놀으며 구수한 내음새 곰국이 무르끓고 방 안에서는 일가집 할머니가 와서 마을의 소문을 펴며 조개송편에 달송편에 죈두기송편에 떡을 빚는 곁에서 나는 밤소 팥소 설탕 든 콩가루소를 먹으며 설탕 든 콩가루소가 가장 맛있다고 생각한다 나는 얼마나 반죽을 주무르며 흰 가루 손이 되어 떡을 빚고 싶은지 모른다

선달에 내빌날*이 들어서 내빌날 밤에 눈이 오면 이 밤엔 쌔하얀 할미귀신의 눈귀신도 내빌눈을 받노라 못 난다는 말을 든든히 여기며 엄매와 나는 앙궁*위에 떡돌 위에 곱새담* 위에 함지에 버치며 대냥푼을 놓고 치성이나 드리

듯이 정한 마음으로 내빌눈 약눈을 받는다 이 눈세기물을
내빌물이라고 제주병에 진상항아리에 채워 두고는 해를
묵혀 가며 고뿔이 와도 배앓이를 해도 갑피기*를 앓아도
먹을 물이다

오리 망아지 토끼

오리치를 놓으러 아배는 논으로 내려간 지 오래다
오리는 동비탈에 그림자를 떨어트리며 날아가고 나는 동말랭이에서 강아지처럼 아배를 부르며 울다가
시악이 나서는 등 뒤 개울물에 아배의 신짝과 버선목과 대님오리를 모두 던져 버린다

장날 아침에 앞 행길로 엄지 따라 지나가는 망아지를 내라고 나는 조르면
아배는 행길을 향해서 크다란 소리로
—매지야 오나라
—매지야 오나라

새하러* 가는 아배의 지게에 지워 나는 산으로 가며 토끼를 잡으리라고 생각한다 맞구멍난 토끼굴을 아배와 내가 막아서면 언제나 토끼 새끼는 내 다리 아래로 달아났다
나는 서글퍼서 서글퍼서 울상을 한다

돌덜구의 물

초동일(初冬日)

흙담벽에 볕이 따사하니
아이들은 물코를 흘리며 무감자를 먹었다

돌덜구에 천상수(天上水)가 차게
복숭아나무에 시라리타래*가 말라 갔다

하답(夏畓)

짝새가 발부리에서 일은 논두렁에서 아이들은 개구리의 뒷다리를 구워 먹었다

개구멍을 쑤시다 물쿤 하고 배암을 잡은 늪의 피 같은 물이끼에 햇볕이 따가웠다

돌다리에 앉아 날버들치를 먹고 몸을 말리는 아이들은 물총새가 되었다

주막

호박잎에 싸 오는 붕어곰은 언제나 맛있었다

부엌에는 빨갛게 질들은 팔모알상*이 그 상 위엔 새파란 싸리를 그린 눈알만 한 잔이 보였다

아들 아이는 범이라고 장고기를 잘 잡는 앞니가 빼드러진 나와 동갑이었다

울파주 밖에는 장꾼들을 따라와서 엄지의 젖을 빠는 망아지도 있었다

적경(寂境)

신 살구를 잘도 먹더니 눈 오는 아침
나 어린 아내는 첫아들을 낳았다

인가 멀은 산중에
까치는 배나무에서 짖는다

컴컴한 부엌에서는 늙은 홀아비의 시아부지가 미역국을 끓인다
그 마을의 외따른 집에서도 산국을 끓인다

미명계(未明界)

자즌닭이 울어서 술국을 끓이는 듯한 추탕집의 부엌은 뜨수할 것같이 불이 뿌연히 밝다

초롱이 히근하니 물지게꾼이 우물로 가며
별 사이에 바라보는 그믐달은 눈물이 어리었다

행길에는 선장 대어가는* 장꾼들의 종이등에 나귀 눈이 빛났다
어데서 서러웁게 목탁을 두드리는 집이 있다

성외(城外)

어두워오는 성문 밖의 거리
도야지를 몰고 가는 사람이 있다

엿방 앞에 엿궤가 없다

양철통을 쩔렁거리며 달구지는 거리 끝에서 강원도로 간다는 길로 든다

술집 문창에 그느슥한 그림자는 머리를 얹혔다

추일산조(秋日山朝)

아침 별에 섶구슬이 한가로이 익는 골짝에서 꿩은 울어
산울림과 장난을 한다

산마루를 탄 사람들은 새꾼들인가
파란 하늘에 떨어질 것같이
웃음소리가 더러 산 밑까지 들린다

순례(巡禮)중이 산을 올라간다
어젯밤은 이 산 절에 제(齊)가 들었다

무리돌이 굴러 내리는 건 중의 발꿈치에선가

광원(曠原)

흙꽃 이는 이른 봄의 무연한 벌을
경편철도(輕便鐵道)가 노새의 맘을 먹고 지나간다

멀리 바다가 보이는
가(假)정거장도 없는 벌판에서
차는 머물고
젊은 새악시 둘이 내린다

흰밤

옛 성의 돌담에 달이 올랐다
묵은 초가지붕에 박이
또 하나 달같이 하이얗게 빛난다
언젠가 마을에서 수절과부 하나가 목을 매어 죽은 밤도
이러한 밤이었다

노루

청시(靑柹)

별 많은 밤
하늬바람이 불어서
푸른 감이 떨어진다 개가 짖는다

산비

산뽕잎에 빗방울이 친다

멧비둘기가 인다

나뭇등걸에서 자벌기*가 고개를 들었다 멧비둘기 켠을 본다

쓸쓸한 길

거적장사 하나 산 뒤 옆 비탈을 오른다
아—따르는 사람도 없이 쓸쓸한 쓸쓸한 길이다
산가마귀만 울며 날고
도적갠가 개 하나 어정어정 따라간다
이스라치*전이드나 머루전이드나
수리취 땅버들의 하이얀 복이 서러웁다
뜨물같이 흐린 날 동풍이 설렌다

자류(柘榴)

남방토(南方土) 풀 안 돋은 양지귀가 본이다
햇비 멎은 저녁의 노을 먹고 산다

태고에 나서
선인도(仙人圖)가 꿈이다
고산 정토(高山淨土)에 산약 캐다 오다

달빛은 이향(異鄕)
눈은 정기 속에 어우러진 싸움

머루밤

불을 끈 방 안에 횃대의 하이얀 옷이 멀리 추울 것같이

개 방위(方位)로 말방울 소리가 들려온다

문을 연다 머룻빛 밤하늘에
송이버섯의 내음새가 났다

여승

여승은 합장하고 절을 했다
가지취의 내음새가 났다
쓸쓸한 낯이 옛날같이 늙었다
나는 불경처럼 서러워졌다

평안도의 어느 산 깊은 금점판
나는 파리한 여인에게서 옥수수를 샀다
여인은 나 어린 딸아이를 때리며 가을밤같이 차게 울었다

섶벌같이 나아간 지아비 기다려 십 년이 갔다
지아비는 돌아오지 않고
어린 딸은 도라지꽃이 좋아 돌무덤으로 갔다

산꿩도 섧게 울은 슬픈 날이 있었다
산 절의 마당 귀에 여인의 머리오리가 눈물방울과 같이 떨어진 날이 있었다

수라(修羅)

거미 새끼 하나 방바닥에 내린 것을 나는 아무 생각 없이 문밖으로 쓸어버린다
차디찬 밤이다

어느젠가 새끼 거미 쓸려 나간 곳에 큰 거미가 왔다
나는 가슴이 짜릿한다
나는 또 큰 거미를 쓸어 문밖으로 버리며
찬 밖이라도 새끼 있는 데로 가라고 하며 서러워한다

이렇게 해서 아린 가슴이 삭기도 전이다
어데서 좁쌀알만 한 알에서 가제* 깬 듯한 발이 채 서지도 못한 무척 작은 새끼 거미가 이번엔 큰 거미 없어진 곳으로 와서 아물거린다
나는 가슴이 메이는 듯하다
내 손에 오르기라도 하라고 나는 손을 내어 미나 분명히 울고불고할 이 작은 것은 나를 무서우이 달아나 버리며 나를 서럽게 한다

나는 이 작은 것을 고이 보드라운 종이에 받아 또 문밖으로 버리며 이것의 엄마와 누나나 형이 가까이 이것의 걱정을 하며 있다가 쉬이 만나기나 했으면 좋으련만 하고 슬퍼한다

비

아카시아들이 언제 흰 두레 방석을 깔았나
어데서 물쿤 개비린내가 온다

노루

산골에서는 집터를 치고 달궤*를 닦고
보름달 아래서 노루고기를 먹었다

국수당 너머

절간의 소 이야기

병이 들면 풀밭으로 가서 풀을 뜯는 소는 인간보다 영(靈)해서 열 걸음 안에 제 병을 낫게 할 약이 있는 줄을 안다고

수양산의 어느 오래된 절에서 칠십이 넘은 노장은 이런 이야기를 하며 치맛자락의 산나물을 추었다*

통영(統營)

옛날엔 통제사(統制使)가 있었다는 낡은 항구의 처녀들에겐 옛날이 가지 않은 천희(千姬)라는 이름이 많다

미역오리같이 말라서 굴 껍질처럼 말없이 사랑하다 죽는다는

이 천희의 하나를 나는 어느 오랜 객줏집의 생선가시가 있는 마루방에서 만났다

저문 유월의 바닷가에선 조개도 울 저녁 소라방등*이 불그레한 마당에 김 냄새 나는 비가 내렸다

오금덩이라는 곳

어스름 저녁 국수당 돌각담의 수무나무 가지에 여귀의 탱을 걸고 나물매 갖추어 놓고 비난수*를 하는 젊은 새악시들

— 잘 먹고 가라 서리서리 물러가라 네 소원 풀었으니 다시 침노 말아라

벌개늪녘에서 바리깨를 두드리는 쇳소리가 나면 누가 눈을 앓아서 부증이 나서 찰거마리를 부르는 것이다

마을에서는 피성한 눈슭*에 저린 팔다리에 거마리를 붙인다

여우가 우는 밤이면

잠 없는 노친네들은 일어나 팥을 깔이며 방뇨를 한다

여우가 주둥이를 향하고 우는 집에서는 다음 날 으레히 흉사가 있다는 것은 얼마나 무서운 말인가

시기(柿崎)의 바다

저녁밥 때 비가 들어서
바다엔 배와 사람이 흥성하다

참대창*에 바다보다 푸른 고기가 께우며 섬돌에 곱조개가 붙는 집의 복도에서는 배창에 고기 떨어지는 소리가 들렸다

이즉하니 물기에 누굿이 젖은 왕구새자리에서 저녁상을 받은 가슴 앓는 사람은 참치회를 먹지 못하고 눈물겨웠다

어득한 기슭의 행길에 얼굴이 해쓱한 처녀가 새벽달같이
아 아즈내*인데 병인은 미역 냄새 나는 덧문을 닫고 버러지같이 누웠다

정주성(定州城)

산턱 원두막은 비었나 불빛이 외롭다
헝겊 심지에 아주까리 기름의 쪼는 소리가 들리는 듯하다

잠자리 조을던 무너진 성터
반딧불이 난다 파란 혼들 같다
어데서 말 있는 듯이 크다란 산새 한 마리 어두운 골짜기로 난다

헐리다 남은 성문이
하늘빛같이 훤하다
날이 밝으면 또 메기수염의 늙은이가 청배를 팔러 올 것이다

창의문외(彰義門外)

무이밭에 흰나비 나는 집 밤나무 머루 넝쿨 속에 키질하는 소리만이 들린다
우물가에서 까치가 자꾸 짖거니 하면
붉은 수탉이 높이 샛더미 위로 올랐다
텃밭가 재래종의 임금(林檎) 나무에는 이제도 콩알만 한 푸른 알이 달렸고 히스무레한 꽃도 하나 둘 피어 있다
돌담 기슭에 오지항아리 독이 빛난다

정문촌(旌門村)

주홍칠이 날은 정문이 하나 마을 어귀에 있었다

「효자노적지지정문(孝子盧迪之之旌門)」— 먼지가 겹겹이 앉은 목각의 액(額)에
나는 열 살이 넘도록 갈지 자 둘을 웃었다

아카시아꽃의 향기가 가득하니 꿀벌들이 많이 날아드는 아침
구신은 없고 부엉이가 담벽을 띠고* 죽었다

기왓골에 배암이 푸르스름히 빛난 달밤이 있었다
아이들은 쪽제비같이 먼 길을 돌았다

정문집 가난이는 열다섯에
늙은 말꾼한테 시집을 갔겼다

여우난골

박을 삼는 집
할아버지와 손자가 오른 지붕 위에 하늘빛이 진초록이다
우물의 물이 쓸 것만 같다

마을에서는 삼굿을 하는 날
건넛마을서 사람이 물에 빠져 죽었다는 소문이 왔다

노란 싸릿잎이 한 불 깔린 토방에 햇츩방석을 깔고
나는 호박떡을 맛있게도 먹었다

어치라는 산새는 벌배 먹어 고웁다는 골에서 돌배 먹고
아픈 배를 아이들은 띨배 먹고 나았다고 하였다

삼방(三防)

갈부던 같은 약수터의 산거리엔 나무그릇과 다래나무 지팽이가 많다

산 너머 십오리서 나무 뒝치* 차고 싸리신 신고 산비에 촉촉이 젖어서 약물을 받으러 오는 두메 아이들도 있다

아랫마을에서는 애기 무당이 작두를 타며 굿을 하는 때가 많다

*

9쪽 〈쇠메〉는 〈묵직한 쇠토막에 구멍을 뚫고 자루를 박은 물건〉이다.
〈깽제미〉는 〈꽹과리〉의 방언이다.
〈막써레기〉는 〈거칠게 썬 잎담배〉를 말한다.

10쪽 〈구신간 시렁〉은 〈걸립(乞粒) 귀신을 모셔 놓은 선반〉이다.
〈당즈깨〉는 〈작은 궤짝〉을 뜻한다.
〈아르대즘퍼리〉는 〈아래쪽〉이라는 뜻이다.

11쪽 〈당세〉는 〈당수, 곡식 가루에 술을 쳐서 미음처럼 쑨 음식〉을 뜻한다.
〈집오래〉는 〈집 근처〉라는 뜻이다.

12쪽 〈오리치〉는 〈오리를 잡기 위한 올가미〉를 말한다.
〈반디젓〉은 〈밴댕이젓〉을 말한다.

13쪽 〈끼때〉는 〈끼니때〉라는 뜻이다.
〈텅납새〉는 〈턴납새, 처마 안쪽 지붕이 도리에 얹힌 부분〉을 뜻한다.

15쪽 〈임내〉는 〈흉내〉라는 뜻이다.
〈밝다〉는 〈바르다, 까다〉라는 뜻이다.
〈말쿠지〉는 〈큰 나무 못〉을 뜻한다.

17쪽 〈개니빠디〉는 〈개의 이빨〉이라는 뜻이다.

18쪽 〈노나리〉는 〈농한기나 그 밖에 한가할 때 소나 돼지를 잡아 나누어 갖는 것〉이고, 〈노나리꾼〉은 여기에 참가한 사람을 뜻한다.
이동순에 의하면 〈조마구〉는 옛 설화 속에 나오는 〈키가 매우 작다는 난쟁이〉이다.

〈삿귀〉는 〈갈대를 엮어 만든 삿자리의 가장자리〉를 뜻한다.

19쪽 〈천두〉는 〈천도복숭아〉를 말한다.

〈내빌날〉은 〈한 해 동안 지은 농사와 그 밖의 일들을 여러 신에게 고하며 제사 지내는 날〉이다.

〈앙궁〉은 〈아궁이〉를 뜻한다.

〈곱새담〉은 〈풀이나 짚을 엮어 만든 담〉이다.

20쪽 〈갑피기〉는 〈이질〉을 뜻한다.

21쪽 〈새하다〉는 〈땔나무를 장만하다〉라는 뜻이다.

25쪽 〈시라리타래〉는 〈시래기를 길게 엮어 놓은 것〉을 말한다.

27쪽 〈팔모알상〉은 〈팔각형으로 만들어진 조그만 술상〉을 말한다.

29쪽 〈선장 대어가는〉은 〈선장(先場), 즉 이른 시장에 때맞추어 가는〉이라는 뜻이다.

38쪽 〈자벌기〉는 〈자벌레〉를 뜻한다.

39쪽 〈이스라치〉는 〈이스랏, 앵두〉를 뜻한다.

43쪽 〈가제〉는 〈막, 방금〉이라는 뜻이다.

46쪽 〈달궤〉는 〈달구〉의 방언으로, 땅을 단단히 다지는 데 쓰는 기구이다.

49쪽 〈추었다〉는 〈고르거나 추리다〉라는 뜻이다.

50쪽 〈소라방등〉은 〈소라 껍질로 만들어 방에서 켜는 등잔〉이다.

51쪽 〈비난수〉는 귀신에게 비는 행위이다.

〈피성한 눈슭〉은 〈피멍이 심하게 든 눈 가장자리〉이다.

52쪽 〈참대창〉은 〈참나무 가지를 뾰죽하게 깎아 만든 창〉을 뜻한다.

〈아즈내〉는 〈아직 이른 시간〉을 뜻한다.

55쪽 〈띠다〉는 〈뾰죽한 부리로 잇따라 쳐서 찍다〉라는 뜻이다.

57쪽 〈뒝치〉는 〈뒤웅박〉을 말한다.

해설

백석과 『사슴』

백석은 1912년 7월 1일 평안북도 정주에서 태어났다. 그의 부친 백시박은 사진 기술을 처음 도입하고 『조선일보』 사진반장으로 근무하기도 했다. 백석은 1924년 오산소학교를 졸업하고 오산학교에 진학하여 1929년에 졸업하였다. 졸업과 동시에 『조선일보』 일본 유학생으로 선발되어 그다음 해에 도쿄 아오야마(青山) 학원 영문과에 입학하였다.

일본 유학을 떠나기 몇 달 전인 1930년 1월, 단편소설 「그 모(母)와 아들」이 『조선일보』 현상 문예에 당선되었다. 그러나 백석의 작품 활동은 1935년 『조선일보』에 「정주성」이라는 시를 발표하면서 본격적으로 시작되었다. 1934년 아오야마 학원을 졸업하고 귀국하여 『조선일보』사에서 잡지 편집 기자로 근무했다. 1936년 첫 시집 『사슴』을 발간하여 문단의 주목을 받았다.

1936년 4월 『조선일보』사를 그만두고 함경도의 영생고보 영어 선생이 되었다. 백석은 학생 때부터 교사가 되기를 원했다고 한다. 그러나 오래 근무하지 못하고 1939년에는 만주로 가서 여러 직업을 전전하며 어려운 시절을 보냈다. 때로는 북만주의 산간 오지를 떠돌기도 했다. 만주 시절 백석은 외롭고 궁핍하게 지냈는데, 이 시기에 쓴 시들은 고달프고 초라한 현실을 정신으로 극복하려는 내면성이 강한 면모를 보여 준다. 특히 「북방에서」나 「흰 바람벽이 있어」 같은 시는 누추하고 절망적인 삶을 응시하는 한 인간의 내면적 심정을 감동적으로 보여 주는 수작이다.

해방이 되자 백석은 신의주에서 잠시 머물다가 고향인 정주로 돌아갔다. 백석의 대표작으로 꼽히는 「남신의주 유동 박시봉방」은 신의주에 머물 때의 체험을 바탕으로 한 것이다. 백석은 북한 공산치하에서 1961년까지 시뿐만 아니라 아동 문학과 수필, 시 번역 등을 꾸준히 발표했다. 영어와 러시아어에 능통했던 백석은 뛰어난 번역가이기도 했다. 1962년 10월 무렵 북한 문화계의 복고주의에 대한 비판 속에서 백석은 더 이상 창작 활동을 할 수 없게 되었다. 이후 행적은 잘 알 수 없으나, 양강도 삼수군에서 농사일을 하다가 1995년 여든셋의 나이로 사망했다고 한다.

백석은 1936년 1월 20일 선광인쇄주식회사에서 100부 한정판으로 시집 『사슴』을 발간하였다. 출판사를 통하지 않은 자가본(自家本)이며, 정가는 2원으로 당시로서는 호화판 시집이었다. 이 시집에는 모두 33편의 시가 수록되어 있는데, 그 가운데 26편이 미발표작이었다. 『사슴』은 표지, 종이, 활자, 편집 등에서 이미 백석의 세련된 감각을 보여 주며, 수록 작품들 또한 독특한 매력을 보여 주는 것이어서 발간과 동시에 문단의 주목을 받았다. 시집이 나오자마자 김기림은 백석 시의 〈유니크한 풍모〉를 극찬하며 그 성격을 다음과 같이 말한다.

> 시집 『사슴』의 세계는 그 시인의 기억 속에 쭈그리고 있는 동화와 전설의 나라다. 그리고 그 속에서 실로 속임 없는 향토의 얼굴이 표정한다. 그렇건마는 우리는 거기서 아무러한 회상적인 감상주의에도, 불어오는 복고주의에도 만나지 않아서 더없이 유쾌하다. — 그 점에 『사슴』은 그 외관의 철저한 향토 취미에도 불구하고 주책없는 일련의 향토주의와는 명료하게 구별되는 모더니티를 품고 있는 것이다.

이 지적처럼 『사슴』에 실린 작품들은 대부분 시인이 어릴 때 체험한 고향의 모습을 그린다. 거기에는 산골마을의 온갖 풍물과 음식과 이야기가 들어 있다. 예를 들어 「여우난골족」이란 시는 명절날 큰집의 분위기를 사실적으로 그린다. 큰집에 모인 친척들 이야기와 아이들이 모여 노는 이야기와 명절 음식 이야기가 잔치상처럼 풍성하게 펼쳐진다. 고향의 풍물이나 습속 그리고 이야기들만 풍성한 것이 아니다. 그러한 삶에서 느낄 수 있는 정취와 감각도 풍성하다. 백석의 시에는 특히 우리의 고유한 음식들이 많이 등장하는데, 그 아름답고 그리운 이름들은 우리의 미각과 후각을 비롯한 감각 전체를 강하게 자극한다. 인간의 기억 가운데서 가장 깊고 오래 남는 기억은 맛의 기억임을 백석의 시는 다시 한번 상기시켜 준다.

백석은 독특한 시작 방식으로 유년 시절 체험한 이러한 감각의 풍요를 언어로 재현한다. 그 방식은 우선 열거적 서술과 방언의 사용이다. 백석은 유년 시절의 체험과 고향의 풍물을 열거한다. 그의 상상력은 유사한 심상을 계속 나열하는 특성을 보여 준다. 유사한 심상이 몇 개 나열되면 거기에는 생생한 삶의 공간이 저절로 형성된다. 그 공간은 시인의 기억 속에 정지되어 있는 동화와 전설의 나라이다. 항상 그곳에 그렇게 있는 아름다운 고향의 세계이다. 그리고 백석은 평북 방언을 효과적으로 구사하여 향토적인 분위기를 생생하게 전달한다. 그의 시를 읽기 위해서는 따로 평북 방언 사전이 필요할 정도이다. 백석은 방언 속에 축적되어 있는 삶의 그림자를 시적 의미 전달에 가장 잘 활용한 시인이다. 이런 방식 이외에도 백석의 시는 이야기투의 서술과 민담적 상상력 그리고 순간적 정서를 포착하는 선명한 심상 등을 잘 활용하여 감각의 풍요를 재현한다.

백석의 시는 겉보기에 오랜 문학적 주제인 유년의 고향을 평이하게 그리고 있는 것처럼 보인다. 그러나 김기림의 지적처럼 백석의 시는 상투적인 향토주의와는 전혀 다른 세계를 보여 준다. 백석의 치밀하고 세련된 감각은 복고의 세계를 소재로 해서 가장 모던한 시적 공간을 만들어 낸다. 평이한 듯한 서술도 치밀한 시작 방식의 결과이다. 백석 시에 그려진 오래되고 친밀감이 느껴지고 편안한 고향의 공간은, 손쉬운 감정적 동화와 감상에 의존해서 만들어진 것이 아니라 사실은 근대적인 감각에 의해서 냉정하게 만들어진 공간이다. 『사슴』은 한국 현대시사에서 가장 유니크한 시집이라고 할 수 있다.

이남호(고려대학교 명예교수)

편자의 말

한국 현대시를 대표할 만한 시집들의 초간본을 다시 출간하는 일은 과거를 오늘에 되살리는 일이라기보다는 점점 과거 속으로 사라져 가는 것에 새로운 생명을 부여하여 여전히 오늘의 것이 되게 하는 일이라고 생각한다. 한국 현대시 100년의 역사는 많은 훌륭한 시집을 남겼다. 많은 훌륭한 시집들이 모여서 한국 현대시 100년의 풍요를 이루었다고 말할 수도 있다. 그러한 시집들을 계속 살아 있게 하는 일은 시를 사랑하는 사람의 의무일 것이다.

그러나 이러한 작업은 겉으로 드러나지 않는 수고와 신중함을 많이 요구한다. 첫째는 대표 시인을 선정하는 어려움이다. 수많은 시집들을 편견 없이 재검토해야 하는 수고도 수고지만, 선정과 배제의 경계에 있는 시집들에 대해서는 많은 망설임과 논의가 있어야 했다. 대표 시인 선정 작업이 높은 안목과 보편타당한 기준에 의해서 이루어졌는지는 시간을 두고 전문 독자들에 의해서 판단될 것이다.

두 번째 어려움은 표기에 관련된 것이다. 사실 20세기 전반기의 우리 출판과 한글 표기법의 수준은 보잘것없다.

맞춤법, 띄어쓰기, 행 가름, 연 가름 등에는 혼란스러운 곳이 많고 오식으로 보이는 부분들도 많다. 그것들은 오늘날의 독자들에게 혼란과 거북함을 줄 뿐만 아니라, 작품의 이해를 방해하기도 한다. 그리고 다른 지면에 인용될 때마다 표기가 달라지는 결과를 낳기도 한다. 근대 초기의 많은 문학 작품들을 오늘날의 표기법으로 잘 고쳐서 결정본을 확정 짓는 작업이 시급하다고 할 수 있다. 이러한 생각에서 시적 효과를 지나치게 훼손하지 않는 범위 안에서 표기를 오늘에 맞게 고쳤다. 그러나 시의 속성상 표기를 고치는 일은 조심스럽지 않을 수 없다. 단어 하나, 표현 하나마다 시적 효과와 현재의 표기법 그리고 일관성을 고려해서 번역 아닌 번역 작업을 해야 했다. 이러한 작업이 원문의 분위기를 어느 정도 훼손하는 것은 어쩔 수 없었다. 또 어떻게 고쳐야 할지 판단이 서지 않는 부분도 꽤 있었다. 어쩌면 표기와 관련해서 노력한 만큼의 성과를 얻지 못했는지도 모른다. 그러나 이러한 작업의 축적을 통해서 작품의 결정본을 만들어 나갈 수 있을 것이며, 또한 오늘의 독자에게 친숙한 작품이 될 수 있을 것이다.

초간본의 재출간 아이디어를 최초로 낸 사람은 열린책들의 홍지웅 사장이다. 그분의 남다른 문학 사랑과 출판 감각 그리고 이 작업에 대한 전폭적인 지원에 존경심을 표하고 싶다. 그리고 시집 선정과 표기 수정 및 기타 작업은 이혜원, 신지연, 하재연 선생과 팀을 이루어 했다. 이분들의 꼼꼼함과 성실함에도 존경심을 표하고 싶다. 이 총서가 문학 연구자들뿐만 아니라 일반 독자들에게도 널리 그리고 오래 사랑받기를 바란다.

이남호

한국 시집 초간본 100주년 기념판

사슴

지은이 백석 백석은 1912년 평안북도 정주에서 태어나 오산학교와 일본 도쿄 아오야마(靑山) 학원 영문과에서 수학하였다. 1935년 『조선일보』에 「정주성」이라는 시를 발표하면서 본격적으로 작품 활동을 시작하며, 1936년에 펴낸 첫 시집 『사슴』이 한국 현대시사에서 가장 유니크한 시집으로 평가받으면서 문단의 주목을 받았다. 1995년 여든셋의 나이로 작고했다.

지은이 백석 **책임편집** 이남호 **발행인** 홍예빈 · 홍유진
발행처 주식회사 열린책들 **주소** 경기도 파주시 문발로 253 파주출판도시
전화 031-955-4000 **팩스** 031-955-4004 **홈페이지** www.openbooks.co.kr

ISBN 978-89-329-2216-4 04810 ISBN 978-89-329-2209-6 (세트)
발행일 2022년 3월 25일 초간본 100주년 기념판 1쇄

초간본 간기(刊記) 100부 한정판 인쇄 쇼와(昭和) 11년 1월 17일 **발행** 쇼와 11년 1월 20일 **정가** 2원 **저작 겸 발행자** 백석(경성부 통의동 7-6) **인쇄인** 박충식(경성부 수송동 26) **인쇄소** 선광인쇄주식회사(경성부 수송동 26)